오동도 그 가시나는

김서곤 제3시집

시음사
시사랑음악사랑

본문
시낭송
감상하기

QR 코드 스마트폰으로 QR 코드를 스캔하면
시낭송을 감상할 수 있습니다.

제목 : 군밤 같은 그 여자
시낭송 : 임숙희

제목 : 휘파람 부는 전화기
시낭송 : 박영애

시인은 자연을 이야기하고
시낭송가는 자연을 품었다.
글자는 날개를 달아 언어로 날고
소리는 자연에 눕는다.

시인의 말

/

첫 번째 시집 [사랑 날 그리다]
두 번째 시집 [의자가 있는 언덕]
을 사랑해주시고 성원해 주신
모든 분께 감사의 말씀 올립니다

금번 세 번째 시집
[오동도 그 가시나는]
는 좀 더 성숙한 내면의 깊이로
다양한 사물들의 형상을 넓고
집중적으로 조명해 보려고
고민해 보았습니다
앞으로도 아낌없는 격려와 응원을
보내주시길 바래보며
매일매일 건강하시고 행복하길
기원드립니다.

김서곤 배상

☆ 목차

☆ 목차

목련꽃 지는 날에

그리하여 목련이 고귀하게 걸어간다
소스라쳐 잠에서 깬 한낮의 햇살 사이로

운다고 어두컴컴하게 명멸하는 저
순교자 같은 가슴에 꽂힐 생채기가 아니다

뒤뜰에 버려져 끝내 비밀로 쓰러지지 않을
그 남자의 간절한 시간이 파고든

찬 이슬이 내려 문득 가슴 조이는
그리움 절름거리는 사랑한 너울이다

그리하여 목련은
한사코 서쪽 하늘을 향해 걸어간다.

꽃 단풍

한 천년
가슴 조이는 아쉬움이련만

삭히지 못할 고운 빛깔로
펑펑 가슴앓이 해놓고
묻어둘 시간도 아까운 몸짓으로
생의 절정에 빨개져 놓고서
땅에 떨어져 뒹구는 꽃 단풍은

너무 뜨거웠던 애틋한 추억에도
바보같이 벌겋게 웃는다.

라일락꽃

지금도 잊지 않아요. 당신이 귓가에 달콤하게 속삭였죠. "라일락꽃 향기 나는 네가 너무 귀엽고 사랑스러워. 너와 함께 젊은 날의 추억을 쌓길 원해."

당신의 첫사랑으로 부족함이 없다고 말하지 않았나요? 그런 당신이 자꾸만 날 밀어내려 하고 있어요. 이유는 알 수 없지만, 시도 때도 없이 화만 내죠. 벌써 싫증 났나요? 당신이 내게 얼마나 소중한 사람인 줄 기억하고 있잖아요.

젊은 날의 향기가 아직도 이렇게 바둥거리고 있어요. 우리에겐 내일이 있어요. 우리에겐 라일락꽃 피는 계절이 있잖아요. 당신이 내게 얼마나 소중한 사람인 줄 모른다고 하지 마세요.

당신의 푸른 호수가 되고 싶어요. 온 세상에 라일락꽃을 피울래요. 당신의 라일락꽃이 되어 좌절되어가는 사랑을 붙들어야 하니까요.

더는 바보처럼 어둠 속에 감춰져 살지 않을래요. 난 지나간 우리 봄날의 작은 비밀을 알고 있어요. 당신이 귓가에 이렇게 속삭였죠. "라일락꽃 향기 나는 네가 너무 귀엽고 사랑스러워. 너와 젊은 날의 추억을 쌓길 원해."

라일락꽃은 아직 피지 않았지만, 파릇한 잎새가 바람에 쩔쩔매며 안달하고 있는 것이 보여요. 나의 가녀린 생애가 바람에 흔들려요. 화내지 마세요. 떠난다는 말만은 하지 말아 줘요. 당신의 호수가 될래요. 당신의 라일락꽃으로 피어서 기쁘게 향기로 울게요.

당신이 내게 얼마나 소중한 사람인지
모른다고 하지 마세요. 당신의 라일락꽃으로 필래요.

눈동자

꽃이 피네
당신과 함께 걷던 그 길에

꽃이 우네
그리움 참을 수 없어

다정한 당신 눈동자
꽃이 되어 찾아왔나

꽃이 피면
고요히 타오르는 순정

우리가 거닐던 그 바닷가에
사랑의 꽃이 피네

꽃이 피네
추억이 무지개 되어 번지네

따듯한 당신 미소
꽃이 되어 찾아왔네.

오동도 그 가시나는

구름 끝에서 폴짝인다
잡히지 않는 말간 새벽노을에 매달려

동백꽃 향기 흩날리면서
빠져나갈 틈도 없게

오동도 그 가시나는 내 가슴 조이는
큰 눈을 깜빡인다

방금 기지개 켜는
잔설 흥건한 봄빛을 베며

연기처럼 흩어진
민들레 꽃씨 날리는 기억인 줄 알았는데

너는 아직 가시였구나
그때나 지금이나 모서리 뾰족해 아픈.

태종대[太宗臺]

왈칵!
눈물이 쏟아진다

네가 있어 두렵지 않아
어둠을 태워 하얗게 날려서
뼛속까지 널 사랑할 테니까
우리들의 이야기는
별로 바람으로 온몸에 꽃씨를 뿌릴 테니까
사정없이 분가루 흩뿌리더니,

끓어오르는 피가 식자 태종대 자살바위에
툭! 툭! 끊어지는 빗방울 소리만 요란하다.

어떤 유행가

우리는 어디쯤 가고 있을까?

냉이꽃처럼 상큼하게 살자더니

샛강에 자욱한 안개는 눈물 없이

헤쳐나가자며

멋진 설렘만 풍선처럼 걸어놓고

문밖에서 엇갈려 스쳐

소중한 비밀 하나조차 없이

어떤 유행가로 부르는

낯선 인기척에도 소스라친다.

귀천

왜 너는 힘들게 살았니?

행복해라

그래야 내 그리움이 덜 아플 테니

한 줌 가슴 찢어놓고 가더니

날 잊지 못해 술 방울만 떠내려와

푸석이는 심장에 푸른 피로 엎질러진다.

문득, 그대인가

간지러, 꾀꼬리 노랫소리에 간지러워

부서지는 달빛 아래 붉은 진달래꽃 더 붉고

그리움은 꾸역꾸역 가파른 길을 걸어간다

이름 없는 풋풋한 풀잎에 슬픈 이슬 적시며

나의 뒷모습으로 분분히 목메는 핏빛 추억

문득 그대인가, 붉은 진달래에 왜 숨는지.

자장면

시꺼면 놈이 위에 올라타고
흰 년은 배 까고 발라당 누웠다

저것들 둘이 하나 되면
과연 어떤 천지풍파가 일어날까

홀연히 심통 나 젓가락 휘저어
입안으로 휘몰아쳐 넣자

맙소사!

세상에, 이보다 더 황홀한
맛이 어디 있으랴?

까짓것, 뭐

꽃바람이
휘날리는데

그 사람이
헤어지자고 한다

`

`

`

`

`

그래,
봄은 또 올 거야.

얄미워

그녀가
입맞추려는데

먼저 입술에
앉네

눈치 없는
어린 나비.

마지막 잎새

외로움이 아니다
미련이거나 아픔도 아닐 게다
그리움은 더욱더 아닐 테고, 그렇다면

툭!
떨어지는
저 깊은 목마름

그건 또,
참숯불 같은
낭자한 숙명의 멍울

깨어서도 눈을
뜨고 싶지 않은
사유가 짙어가는 숨겨온 속마음.

산토리니[Santorini]

까만 눈동자로 그녀는 하얗게 웃었다
"우리에게는 시작도 끝도 없는 거야"
죽어도 자지러지게 좋을 미치도록 아름다운 메아리이었다

산토리니! 넌 폐허의 목책 안에서만 몸살 나게 두려운
이상한 어둠과 가벼움의 빛에 씻긴 내 사랑의 매운 부정이다
잡힐 듯 잡히지 않는 환상의 무지개도
그렇다고 꽃잎 위를 걷지 못하는 황홀한 비극도 아니며
오직 밤새워 뒤척이며 깊어가는 봄의 뼈아픈 그리움이고
젖어 부서지지 않는 가을의 소중한 무게인 것을 어찌하랴

산토리니! 시퍼런 송홧가루에 날리는 지독한 내 사랑의 달콤한
종소리로
처연한 시간에 휩쓸려 온 심장에 벼락처럼 박힌 서릿발 절망의
초월이여
너는 내 초라한 오만과 자만으로 독살스럽게 헝클어진 다락방
안에서 조각조각 흩어졌지
사랑하는 시간과 기다리는 절벽 끝에 곧 무너질 균열이 쩡쩡
비명만 토한 채로

산토리니! 꽃잎처럼 펼쳐진 비상하는 네 품의 진한 향기로
문설주에 기댄 호젓한 추억에 시간을 베어 초록빛 이끼로 남아
하늘을 찔러 흐르는 물소리 낭랑한 푸른 숲을 관통해본들
7일간의 짧은 만남과 약속 없는 이별이 저 아침노을 꼬리에 봄
을 노래하며
애틋한 연분으로 비켜 탈 수 있을까

산토리니! 내 사랑이 시작되고 끝난 에게해의 붉은 단풍아
가슴에, 가슴에 핀 비밀의 연인아
그대라는 꿈속에 꽃 하나 별 하나 푸른 바다 위에 곱게 품고 접
는다
새하얀 짧은 사랑
지금은 헝클어진 내 파란 인연의 슬픈 이별 향기
끔찍하게 고요한 붉은 부겐빌레아 그대여

산토리니...

그건, 너

비가
내린다

빗방울
하나하나에
네가 있다
　ヽ
　ヽ
　ヽ
　ヽ
　ヽ
어떻게
잊으란 말인가?

끝에서

우리는 서로를 마주 보고 있다
고목[古木] 가지 끝에 안간힘을
다해 매달려있는 저 잎새와
인생의 벼랑 끝에 내몰린 나

우리가 닮았다고 생각했지만
마지막 한 줌 생을 쥐어짜는 고목
삶과 죽음의 아름다움에 순응하는 잎새
올무를 쥔 손에 파르르 경련이 인다.

봄은 먼데

빗속에
떨고 있는 너는
무슨 사연으로 아직 떠나지 못하는지

아아
어쩌란 말이냐
풀벌레 죽은 내 가슴에 봄은 아직도 먼데.

꽃살문

펄펄 끓는 소나기 떠밀려 온
어슴푸레한 가을 끝자락

목 놓아 우는 단풍 떨어지고
눈물 젖은 마지막 잎새 져

시뻘게진 노른자 같은 저녁놀
퍼렇게 곪아 제 몸 다 비우면

고단하고 야윈 샛강에 뜨는 별
꽃살문 열어 사철 푸르리라.

닻별

닻별
이 갈 북쪽 하늘에
미리내 속 나비잠 자는 초아
는개 퍼르퍼르하면

먼산바라기
베론쥬빌 다힌 닮은 꽃별
꽃무늬 종이 슈룹 속 눈동자
아스라이 노고지리 울던 시절 불 밝혀

먼 예그리나 쫓아
온새미로인 꽃내같은 다솜 하람 꾼다.

카시오페이아

카시오페이아

이 가을 북쪽 하늘에

은하수 속 나비잠 자는 풀싹

가는 비 날리면

먼산바라기

배신의 흰 눈꽃 닮은 꽃처럼 예쁜 별

꽃무늬 종이우산 속 눈동자

아스라이 종달새 울던 시절 불 밝혀

먼 애틋한 연인 쫓아

변함없는 꽃향기 사랑 꿈꾼다.

꽃잠

막새 바람 지고
늘솔길
송홧가루 나풋나풋 날린다

물비늘에
취해
꽃가람 거니는

고운매
그린나래 달고
겨르로이

오정의 달보드레한
꽃잠 꿈 꾸며
그린비 찾아 나르샤.

신혼 첫날밤

차가운 바람 지고
솔바람 부는 길
송홧가루 가볍게 날린다

잔잔한 물결에 일렁이는
햇살에 취해
꽃핀 강가 거니는

절세가인
그린 듯이 아름다운 날개 달고
한가로이

낮 열두 시의 연하고 달콤한
신혼 첫날밤 꿈 꾸며
그리운 임 찾아 날아오른다.

짝사랑

별을 보면
그 안에 네가 있고

꽃을 보면
너의 냄새가 난다

너는 거울 속에
나는 거울 밖에.

화초[花草]: 장식의 비밀

거짓말이다. 지금부터 내뱉는 모든 말과 빛과 어둠의 멀미, 심지어 날카로운 논리 안에 꿈틀거리는 햇빛 속 바람의 몽상, 어둠밖에 의심을 감추고 풀어져 흩날리는 아득한 의식의 건방진 비명들, 그 전부가 매우 유약한 속임수다. 나는 간통하지 않았다. 그리움이 하도 깊어 물안개 너머 속이 빈 사심 먹고 꽃을 피웠다. 그것이 간통이라면 너는 날 주홍 글씨라 해도 좋다. 가장 더러운 진흙밭 연꽃이나 난초로 불러주길 원하지만. 세월의 나신은 어떠한가. 밤새 심심하게 부르는 내 안의 너를 향한 흔적은 옷을 벗었는가. 너무도 쓸쓸해 숨죽인 열병으로 잔뜩 부어오르는 비탈길 민들레가 아무 때나 겁탈당할 즈음, 거짓말은 일제히 하늘을 향해 호각 소리를 터트린다. 나는 간통하지 않았어! 난 거짓말쟁이가 아니야. 난 다만 이상한 화가이다. 모나리자를 그리는 빅토르 위고[Victor-Marie Hugo]일 뿐.

그 여자의 비밀

오너라 봄아
했더니
봄이 오더라

예쁘구나 꽃아
했더니
달콤한 향기 흩날리더라

너도 아름답다
했더니
찻잔을 잡은 손 파르르 떨더라

네게서 빨간 피 냄새가 훅! 풍겼다.

그건, 실수

참 못났다. 지질하고 비겁해. 네가 그랬지? 내가 네 것이라고
소문냈잖아.
착각하지 마. 난 네 소유물이 아니야.

그건 실수였어. 엉망으로 취해 정신이
없었지. 내 의지와는 상관없는 장난스러운 입맞춤에 불과해.

넌 참 어리구나. 아니면 철이 없는 거니?
키스 한 번에 마음 통했을 거라 생각하다니. 착각하지 마. 난
꿈꾸는 사랑이 있어.

눈빛을 보면 알지. 뜨거운 불꽃이 살아 있는, 내가 원하는 사랑
은 폭발하는 무시무시한 열정이야.

비밀은 아니어도 좋아. 꽃잎 스치는 달콤한 열풍이길 원해. 내
가 먼저 다가가 고백하고 싶은, 깊은 가슴에 이글거리는 태양
을 품은 그런 남자 말이야.

넌 절대 아니야. 잘 알잖아. 팔랑이는 낙엽보다 줏대 없고 가볍
다는 걸. 그러니 턱도 없어. 정신 못 차린 네 입술이나 원망해.

나와의 입맞춤은 도둑고양이의 하룻밤 꿈이라고 생각하렴. 푹
푹 파인 내 외로움은 네가 감당할 수 없는 지독한 숙취니까.

백야[白夜]

메말라가는 일상으로 가증스럽게 널뛰는
고달픈 나의 백야[白夜]가, 겨드랑이를 찢고
날개 돋친 오만한 해방은(그러나 꽃잎처럼
붉은),
규칙도 없는 밤과 낮의 경계에 빠져
생리대를 찬 주관적 독선에 빠진 사상과
이념의 벽을 넘지 못하고
무채색 속 사랑했던 모든 기억과 순간들로
칠월의 궁색한 기도에 눈을 맞춘다

순결한 백합 같던 나의 백야가 영원히
깨지지 않고 부서지지 않으리라 믿었던
어떤 한때(처녀와 유부녀를 구분하지도
못하면서),
박제의 껍데기를 벗어던진, 이름 모를
꽃으로 피기 전
상트페테르부르크의 밤에는 봄빛의 해가
지지 않았다
하늘이 가까운 곳은 어둡고
먼 곳은 밝아 황홀하더니 그날은
소리조차 없는 죽음도 피의 성당의
종탑의 종과 함께 소리를 내
엉엉 울었다

보이는 것, 들리는 것, 그 어디에도 푸른
잎사귀와 붉은 꽃뿐이다
거칠고도 열정적인 집시들의 관능적
춤은 밤과 새벽 사이에 범람하며
그 어떤 흔들림의 끝에도 슬픈 영혼의
눈으로 격정을 인내하지 않는
환희의 강에 함박눈을 퍼붓는다

내 희망의 꽃으로 커가던 백야는
그러나 피 먹은 백지에 우울한 고뇌를
그리며
뼛속을 사무치는 숱한 사연들의 질펀한
아우성으로
피의 성당의 종소리 속으로 흐물흐물
녹아내려
한 먹은 아리랑 소리에 고독도 사랑도
헐거운 늑골 안에 묻힌다

내 안의 백야는 정강이부터 흔들린다
날카로운 후회의 칼날이 봄비 속에
심호흡을 하려면
저 잔인하고 억센 상어 떼로부터 엎어지지
않고 일어서야만 한다

순결한 백합 같던 나의 백야가
다시 힘차게 부활해
깨지지 않고 부서지지 않으려면
상트페테르부르크의 백야로 가야 한다
피의 성당의 종탑의 종과 함께 울어야 한다.

여름밤 비밀

외로운 긴 밤이다
머쓱해 가는 사모의 그리움에
고독조차 파르르 경기[驚氣]하는

푸른 눈물은
에메랄드빛 뜨거운 몸짓으로 춤을 춘다
새벽, 노을 꽃을 피우기 위해

구슬로 꿰맨 날갯짓에
숨겨진 저 복잡하고 울적한 슬픈 비밀
여름밤 별은 그래서 더 반짝인다.

푸른 눈물 : 반딧불이(개똥벌레)의 애칭

문장부호

손끝에 가까이 있거나
아득하게 먼 가시철조망 안에 있어도
당신에게 고요히 다가가는 난 다정다감한
쉼표입니다
세상이 험난하게 춥고 거친 일상이
하루하루 메말라가도
생각 없이 무작정 달려가지 않음은
당신을 사랑했던 소중한 기억과
햇빛처럼 찬란한 행복의 순간들이
숨 가쁜 헤픔이 되지 않길 기원하기에
난 당신에게 아름답고 달콤한 쉼표입니다.

꽃 같은 당신은 낮이고 밤이고
세월에 젖지 않는 무한대의 은혜로
포근하고 치밀한
정다운 기다림입니다
오롯이 집중해봅니다
쾅 쾅 쾅 당신을 향해 가는 이 엄청난 사랑은
바닷물처럼 차오르는 우주 중심으로도
다 감싸 안을 수 없는
오직 한 송이의 매혹적인 꽃!
눈을 감아도 풍선처럼 부풀어 올라
가난한 영혼을 사정없이 때리는 축복,
차라리 온몸 산산조각이 나는
영원의 유행가입니다
그런 연유로 당신은 구원으로 거룩한
나만의 강렬한 느낌표입니다.

다사다난한 생애의 눈물 한 방울로
분별하는 부드러움으로 온점을 찍어 봅니다
백지 속의 새까만 허울이든
짙은 암흑에 가려져 온 절망으로 착각했던
희망일지라도
자주 외롭고 아픈 상처로 괴롭다면
이쯤에서 온점을 찍어야 합니다
어찌할 수 없는 곤혹의 회피가 아닌
사라지는 풍경을 뒤로하는 베드로의 길을
걸어야 합니다
그렇다면 따듯한 온점을 찍고 다시
시작합니다.

내가 나에게 물음표로 묻습니다
"너는 네 인생을 장난스럽게 꼬집었느냐?"
까맣게 죽어가는 삶 속에서 급하게
마시고 먹어도
언제나 목마른 독으로 마디마디 흉터 진
사랑이
제대로 서지도 못한 불행한 슬픔에 죽음의
냄새를 자주 맡았는지
나는 나에게 묻고
나는 나에게 달콤하게 속삭입니다
이제부터는 이렇게 물으려 합니다
"이승에서의 남은 생은 가면을 벗은
민얼굴의 이름을 불러주길 원하느냐?"

라고,

가난한 달빛

당신이 보고 싶다고,
그러니 이 창백한 깊은 봄밤에
언젠가처럼 그 어떤 지겨움으로
날 싫어하지는 않느냐고
수없이 되묻고 불러봅니다

퍼렇게 곪은 달빛에 가려진
당신은
빛나는 언어의 꽃으로 위로할
진실마저
익숙한 꽃잎이 지는 냉담함으로
절망하듯 흩뿌려
고통 속에서 붉은 핏물 철철 흘리며
훌쩍 날아올랐던
추억의 아카시아꽃 향기마저
시시하게 밀쳐내면서
내가 얼마나 소중하게 안았는지 모를
오월의 밤을
슬픈 눈물로 낭비하게 만드는군요

당신은 너무 지쳐 결별에 억지로 낭랑한
체념뿐인
가난한 달빛이 되었군요
나는 늘 천국의 꽃밭을 꿈꾸어보지만
톡, 뺨을 치며 달아나는 당신은
저 어딘가 상념의 가시넝쿨로 돌아가겠지요

그리움이 살아 꿈틀거리는 오월이면
난 알고 있습니다
당신의 절망이
턱까지 차오르는 이유가
마음이 빛의 속도로 날 떠났기 때문이란 걸
사랑은 죽지 않았는데
파도에 흔들렸다는 것을
한밤중이었던 우리의 달빛이 가난했기에.

군밤 같은 그 여자

아직도 내 가슴에 얼어붙어 있는
떨림의 그 여자
그 여자가 눈보라 치는 겨울밤에
툭 튀어나온다

나는 화롯불에 밤을 굽듯 떨리는
포옹을 익히면서
새하얀 털실로 봄을 맞는 따스한
노래와
아무도 거꾸로 돌릴 수 없는 시간의
문턱을 짠다

그대가 하얀 눈밭에 애틋함이 스민
꽃을 심을 때
잘 익은 군밤은 톡톡 소망의 씨앗을
터뜨리고
달이 흐르는 내 안에 다비[茶毘]하는
연두색 바람이 새봄을 흔들면
어두운 이야기는 깔깔거리는 화롯불에
징벌로 흔들린다

감히 나 울어도 좋은지 부활의 흔들림이
자꾸 고개 돌려 맘 졸이는데.

집착

벌겋게 달아오른
저 진달래 꽃잎

무슨 약 기운이기에
하얗게 질리지도 못하고

여름 언저리까지
빠져나오지 못하나

"당신도 몹쓸 꿈을 꾸고 있잖아,
눈물겨운 현란한 반전을."

청춘[靑春]의 꽃

그녀의 검은 눈과 풍성한 흑발에
매력적인 그 남자의 관능적인 입술이
회오리바람으로 휩쓸어 가자
거칠고 격정적인 황홀한 지진이 일어
그녀를 감동으로 나부끼게 하는
저 진주 같은 눈물은
오래된 절의 범종부터 때려 울린다

고요로 빛나던 산들바람은 깨졌지만
평온함으로 녹아내리는 장미와 파랑새의
전설 속에서
무지갯빛 춤을 추던 달콤한 연인들의
목소리가
천둥과 폭풍우로 온몸을 바르르 경련하더니
호수에 이는 파문처럼
봄날의 은혜와 사랑으로 감미롭게 속삭인다

−쉿! 쉿! 순수한 미소는 작은 꽃
한 송이로 충분해!−
−입맞춤이 살아 있어! 나의 사랑은
네 안에서만 살고 죽을 거야!−

아프고 힘들었던 아스피린의 시간은 지고
연둣빛 행복 위로 축복의 향기가 피어난다
더러운 품종이 죽은 폐허에
열병처럼 줄지어 탱글탱글한 햇살이 내려와
아무도 막지 못할 따듯한 메아리를 울리고,

"이젠 밤이 끔찍하지 않아!
네 입김이 뜨거우니까!"

휘파람 부는 전화기

내 마음에 새벽에 내리는 첫눈 같은
전화기가 있어요

귀한 당신께 따르릉! 전화를 걸 때면
한 떨기 복사꽃으로 깨어난답니다

나는 깊이 묻어둔 초록빛 물감으로
두근거리며 사랑하는 법을 그리죠

옹달샘에 번지는 은빛 달로 하고픈
생각에 날개를 달아

들켜도 좋을 슬픔 따윈 자지러지게
웃게 하고

홍련의 향기 후두두 떨어지는
예사롭지 않은 언어로 몽롱한 시[詩]를

아지랑이 저 건너 남몰래 흠모하는
풍요의 설렘을 원숙한 정열로 피어

당신과 함께 오면 좋을 아름다운
새벽 별에 입 맞추려 합니다

"능숙하고 경이로운 사냥꾼, 내 눈물은
오직 당신 앞에서만 부서진답니다."

수만 개의 떨림이 파란 들에 꽃을 피웁니다.

제목 : 휘파람 부는 전화기
시낭송 : 박영애

스마트폰으로 QR 코드를 스캔하면
시낭송을 감상할 수 있습니다.

기필코 내 여자의 냄새로

그대는 존재의 흔적만으로 향기로운
봄꽃과 같이 뜨겁고 황홀한 평화입니다.
그대는 찬란하고 아름다운 기도로
존귀하고 투명해진 간절한 눈물의 수정 빛 따뜻한 온기입니다.
그대는 저 무의식의 큰 동력으로 살아
무한의 환희와 낭창낭창 숙성된, 기필코 내 여자의 냄새로 불
어옵니다.
그대는 어두운 지옥에서도 거리낌 없이
피어나는 순교자의 불꽃, 더러운 불행에
비밀로 입 맞추는 하얀 나비입니다.
또 그대는 시들지 않는 고백으로 푸른 산허리에서 불쑥 손 내
밀어 천 갈래 만 갈래로 어설픈 이를 위로하는 사랑의 번개와
천둥입니다. 때로는 슬프거나 다정하지 못하다고 빗길에 버려
지는 안타까운 비애이며 인간의 나약하고 시시한 삶을 찌르는
조용한 듯, 그러나 반전의 맹렬한 강철의 부리입니다. 난 그대
를 이렇게 부릅니다. 희망!
캄캄한 어둠 속에서 오는 저 맑은 새벽.

동몽[冬夢]

하얀 눈이 내리면
한 번쯤 스치듯 만나길 바랐던
장난감처럼 내 입술 빼앗아 달아난
인사동 그 뒷골목 가시나

어질한 추억에 몸살을 앓으려고
허공 훌쩍 너머에서
달맞이꽃 같은 토막 난 진눈깨비가
밤새 잠 못 들게 할퀴어 오는 모양이다.

그래요, 그건 변덕

간다더니
이제는 정말 간다고

눈물 없이도 갈 수 있다고
긴 머릿결 치렁치렁 흩날리며
기어코 간다고 해놓고서는

하얗게 허전한 눈보라로 몰아쳐
달빛이 헐뜯는 겨울 논바닥에
시퍼렇게 상심한 밤을 쓸쓸하게
절여 놓으면

까맣게 문드러진
우리 파란 속내의 슬픈 이야기는,
소리 없이 밀려오는 이 어스름한
추억의 허수함은,
훅 풍기는, 붉어 낯선 저녁 담배 연기에
흔들려도 묻지 말라는 말이오

아, 벌써 그리움으로 아련한 마음은
시들어가는 창백한 열매를 맺는데
맙소사, 당신의 경련하는 오만한 언어는
정녕 당연하게
가슴 후려치며 지나가는 칼날 문
바람이란 말이오, 방금 벚꽃이 졌는데

"쓸쓸한 날은 싫어. 벚꽃 다시 화사하게
피면 떠날 수 있을 것 같아. 눈부시게..."

그런 그 여자가 후두둑
지난 십 년, 온종일 내 가슴에 소나기로
내린다
구멍 뚫린 한 접시 온기로 뜨겁다가 식고
또 뜨거워지며.

또, 비밀

봄날에
예쁜 햇살 장난감처럼 안고
포르릉 날아든 당신

와병 중인 내 몸을 두드려
설핏한 잠도 오지 않게 하는
기막힌 사연

내 마음에 천둥 울어
요란하게 범람하며
온종일 입 벌려 울게 하는 이유

왜냐고요?
쉿, 그것은 비밀
알록달록 머릿속을 색칠하는 요술 향기

문득, 심장에 나부끼는 신비한
영혼의 날갯짓에
마디마디 끊어지고 갈래갈래 흩어지는,

사랑!

공중에서 억만 개 바람개비 타고
허벌나게 돌고 도는, 물소리 별빛 합창
그리고 잠든 꽃들이 활짝 활짝 피는 풍경.

추론-자[推論者]

비가 내리는 날이면 버스를 탄다. 맨 뒷자리에 앉아 머릿속을
하얗게 비우고 멍청하게 시점에서 종점까지 종점에서 다시 시
점으로 몇 번이고 오고 간다

버스 유리창 밖으로 스쳐 지나는 노란 우산 파란 우산 하얀 우
산, 빗물에 적셔지는 높고 낮은 건물과 도로 위를 자박이며 빠
르게 질주하는 차량

저 안의 사람들은 무슨 생각을 하고 있을까
누군가는 웃고 누군가는 울고 저마다 주어진 삶의 법칙에 순응
하며 착하게 살고 있겠지만

나는 부딪혀 깨지기만 하는 숱한 꿈의
슬픔으로 눈물이 뜨거워지는 건지 머릿속은 텅 비었는데 길바
닥에 뒹구는 잎새만
봐도 심장이 아리고 허탈하다
이럴 땐 우산이 필요한데, 사람들 틈에 끼어 걸어가면 성난 눈
물의 의미를 아무도
모를 텐데

다음 역에서 내려야겠다
편의점에서 물안경을, 까만 물안경을 사야지
물안경을 쓰면 눈물인지 빗물인지,
왜 내가 모래성처럼 자꾸만 허물어지는지
자신도 헛갈릴 테니까

비가 내리는 날이면 버스를 탄다
편의점에는 물안경이 없다.

고백

떨리시나요
긴장하지 마세요
그럼 제가 더 떨려요

처음엔 다 그런데요
키스가 얼마나 달콤한지
머릿속이 하얘져 느끼지 못한데요

장난이 아니에요
부끄러워 마세요
전 지금 온 마음으로 당신께 갑니다

제 입맞춤을
거부하지 않는다는 것은
당신이 날 사랑하기 때문이죠

지금 당신은 날
비밀스러운 신기루처럼
천천히 은밀하게 사랑하는 까닭에
춤추는 숨결이 뜨겁잖아요

자, 그럼 우리 이제 어떻게 할까요
내가 먼저 사랑한다 고백할까요
아님 당신이 사귀자고 말할래요

우린 젊어요
나이는 중요하지 않죠
전 가슴 치는 황홀한 북소리를 믿을래요

사랑합니다
당신을
우리 연애할래요?

아내의 애인

아내가 바람났다. 가시철망 시멘트벽 속에서는 이제 희망이 없 단다. 여자로서의 삶은 결혼과 함께 박살이 나고 어떤 이의 아 내와 누구의 엄마로 온몸이 시퍼렇게 멍들었다. "참 웃기는 소 리야. 복에 겨워 투정을 부린다고? 개나 짖으라고 해." 이렇게 늙어가는 것은 지옥이야. 난 푸줏간의 고깃덩어리가 아니야. 어물전에 죽어 나빠진 명태는 더더욱 고약해, 사람이 되고 싶 어. 딱 부러진 이름 세자로. 흉내라도 좋아. 펄떡펄떡 뛸 수 있 다면 푹푹 팬 주름살도 아름답겠지. 아내가 바람이 났다. 그녀 는 새로운 사랑을 찾았다. 눈은 반짝이고 거무튀튀하게 죽었던 입술에는 진홍빛의 윤기가 자르르 흐른다. 그 모습이 더 유혹 적이다. 아내의 애인을 질투한다는 것은 쇠똥구리 밟는 것보다 더 어리석은 불편이다. 오늘도 아내는 설레며 화사하게 웃는다. 매주 목요일. 문화센터에서 노래와 문학 강좌가 있는 날이기 때문.

모기

너무 밉다고
그녀가 보냈나

진달래 피기도 전
찾아오다니.

공명[共鳴]

해가 저무는데
그녀는 가지 않는다

아름다운 꿈과
정답던 추억이
버려야 하는 것들에
정신없이 뒤엉켜

아직은 이별을
생각할 틈이 없었다.

몰라유

시집간 노처녀 쪽진머리
풀어헤쳐

저고리 속치마 모두 벗고
춤을 추네

잠이든 어린 서방은 타는 청춘
알려나?

그 소녀

널 향한 물보다 가벼운 내 사랑은 위태롭고 지독한 몸살이다. 빛바랜 풀빛 끌고 떠난 어느 가을날의 절절한 사모의 편지다. 어둡고 쓰라린 무거운 형기처럼 적도를 벗어난 그 날의 별빛이 광란으로 솟구쳐 일어서는 아지랑이 장막이지. 창 너머로 상큼하게 잘 익은 석류의 알갱이들이 깜찍하고 화사롭다만, 이 몹쓸 가슴의 봄은 마취약처럼 쩍쩍 우는 뒷담에 묻히고, 거기 있어야 할 그 사람은 보이지 않는다. 함께 걷던 골목길 가로등은 오늘도 너무 환하게 깜빡인다. 낭랑한 그녀의 목소리처럼. 낙엽 위의 황홀한 키스같이 눈이 부시다. 가로등 아래 그 사람의 이름은 없건만 불꽃처럼 떠난 소녀의 이름을 불러본다. 첫사랑! 눈물에 실린 가난은 내 젊음의 시름을 재촉했다. 홀로 떠나는 밤의 달은 판잣집 지붕을 스치고 흰 눈발에 수척하여 앙상한 겨울새는 배곯아 봄날의 햇살로 시를 새길 수 없었다. 내 죄 짓지 않은 청춘이거늘 선잠 깬 목련 앞에서 감히 그 소녀를 생각하지 못했다. 소녀에게 가는 사랑은 사치였나 보다. 목이 탄다. 외로운 마음 하나가 묵묵히 울어 타들어 간다. 소녀여! 너에게 닿을 수 없는 사랑임을 안다. 너의 그 작은 몸매에 나의 무한정의 행복한 시간이 찬연하게 빛나고 있어도 어쩌면 당찮은 용기가 미안함으로 내 가슴에 눈발로 흩날렸는지 모르겠다. 사랑아, 사무치는 소녀여! 후회는 없다. 그리움에 살을 주고 피

묻은 외로움에 마음 주었으니 내 가슴에는 네가 흐른다. 고백은 내 가녀린 첫사랑에 스미지 못하는 세월로만 잠자듯 고요히 흐르길 원한다. 아아, 너는 어쩌자고 내 가슴에 꽃으로 피었느냐? 묻지 않으리라. 사랑은 내가 하고 절벽 끝에 선 이도 나니까. 흐드러진 달빛의 봄밤이 다시 온다 해도 내 사랑은 죽어 우는 종소리로 남으리. 소녀여! 그대는 오늘도 처절하게 아름다운 별이다. 첫사랑...

선운사

보고만 있어도 저절로 짠하여 애절한
붉은 낙조의 핏물은 당신 눈물 같습니다

달의 냄새로 싱그러운 바다 같은 여린
숨결로
내 심장에 빙글빙글 도는 꽃잎을 불더니
애써 행복으로 가득 찬 커다란 눈망울로
죽어도 못 잊을 향기를 남겨 놓더니
돌아오지 못할 기차를 타고
엷어지는 뒷모습만 남겨 놓고 떠나서는

문득, 천 년의 고찰 뜨락에 저 숨 막히는 폭죽처럼 터져나와
아름다운 사랑의 열꽃을 흩날리는 홍매화여.

딱 걸렸네

새되어 날아갔나 바람 불어
흩어졌나
꽃구경 가자더니 코빼기도
안 보이고

"나 지금 파리 출장 중!"

카페에서 연애질.

변명

삶이란, 날 닮은 얼굴이고 애초에 채웠어야 할 알몸 같은 외로움이다. 물론 나는 외롭지만 고독하지 않다. 이렇게 익숙해 버린 나날에도 그 사람에 대한 그리움만으로 뜨거운 위로가 된다. 때때로 라일락 짙은 향기가 내 외로움에 불을 지를 때면 부서지는 꽃잎에도 조금은 덜 슬프다. 늘 혼자인 나는 사랑으로 가는 길이 두렵다. 또다시 기다려도 오지 않을 그런 사람 하나 만나기 위해 내어놓을 외로움이 한없이 부족하고, 울먹여 감동을 받는 사랑에 너무 낯설지만, 내 안의 슬픔은 이글거리는 희망의 원천이기에 고독하지 않다. 그래서 내게

삶이란, 언약 없는 이별이고 날카로운 논리이며 번뜩이는 변명의 외로움이다. 다만 고독하지 않기에 태울 수 없는 내 외로움은 엄동설한에 쫓겨나지 않고 식어버린 언어가 된다.

애인 찾아유

손바닥 위에서
재롱 피우는 앙증맞은 여자

기초화장만 해도
빨간 립스틱은 꼭 바르는 여자

키스해줘, 하기 전에
먼저 맹랑하게 입 맞춰 주는 여자

어디
그런 여자 없소?

없으면 말구
있으면 좋고

나 그런 남자야
(자존심 개나 줘 버려!)

파랑 신호등

몸살 나게 사랑하고 싶다.

잠들지 않는 도시 속에 누워 얼어 죽지

않으려고 엉키지 않는 분가루처럼 머릿속을 헹구며

생을 주판질하면서도 무서우리만치 이기적인 꿈을 꾼다.

내 사랑은 아직 어떤 내용물도 묻어나지 않는 빨강 신호등.

아마도 또다시 습관적으로 당신 앓이가 시작된 것만 같다.

혹시 무정하게 떠나 버릴까 봐 사랑한다 말은 못 하지만

낙엽이 흩어지는 쓸쓸한 이 계절에만이라도 당신의 파랑 신호

등이 되고 싶다.

안다. 내가 슬프게도 기억한다.

사랑은 아름다움으로 첨벙거리는 참

고약한 풀잎의 축제라는 것을.

하지만 쉽사리 물러설 수 없는 텅 빈

시간의 지친 허기는 노란 은행잎 거리를 걸으며 상상한다.

진흙탕을 낮은 포복으로 기어 그늘 속을 허우적거리는 정신 나

간 사랑일지라도 썩지 않는 달콤한 향기로 당신에게 전해지길

기대하니까.

막다른 절벽 끝에 서서 얼핏 호각 소리로 던지어본다.

당신 앓이가 시작되길.

시꺼먼 빗물을 털어버리듯 훌쩍 떠나 버릴까 봐 바보처럼 사랑한다 말은 못 하지만, 왠지 낙엽이 흩어지는 이 쓸쓸한 계절에만은 단 한 번, 당신의 파랑 신호등이 되고 싶다.

툭 무심코 던지는 너의 한 마디.

스위치를 켤까?

그러나 너무 난해하지 않았으면 좋겠다. 스위치 안에 숨겨진 의미는.

푸른 향기

날 사랑해 봐요
부르르 떨면서 공중에 떠다니는
빨간 장미를 드릴게요
나는 당신에게 이글거리는 시간과
풍차처럼 회전하는 깔끔한 입맞춤을
드릴 수 있답니다
당신은 모르겠지만 그 조그만
카페에서 내 딱딱한 자존심은 깨졌죠
딱 한 번 보았을 뿐인데
당신의 그 쓸쓸한 휘파람 소리는
내 영혼을 엉망으로 휘청거리게 했어요
그게 아니라면 이 맹목적이고 단순한
집착을 무엇으로도 설명할 수 있을까요
나는 좀 복잡한 여자이지만
당신 앞에만 서면 신경이 부어오르는
작고 흰 나비가 되죠
당신의 송곳처럼 달콤한 미소에
모든 의지가 상실되는 파리한 얼굴로
바뀐답니다
이런 내가 당신을 어떻게 사랑하지
않을 수 있나요

놀라운 기적은 내 몸에서 온갖 상상의
푸른 향기를 피어 올린답니다
날 사랑해 봐요
아침의 환희와 철철 넘치는 밤의
격정을 느끼고 싶지 않나요
당신에게는 낯선 여자를 정신없게
만드는 미치광이 화염 같은 권리가
있어요
나는 이제 우산 끝에 매달린
빗방울조차 외면하지 못한답니다
당당하게 부끄럽지 않은 믿음을
드릴게요
난 사랑에 빠졌어요
내 몸에서 푸른 향기가 살려달라고
속삭여요
날 사랑해 봐요
그럼 용수철처럼 튀어 오르는 딴딴한
금속도 얼마나 쉽게 부서지는지 알게
된답니다
날 사랑해 봐요
날 사랑해 봐요
날 사랑해 봐요.

문득, 창문을 열다가

꽃이 예쁜가
그녀가 예쁠까

알 수 없는
수수께끼

푸른 하늘을 나는 새들에게
악착같이 물어보니

패랭이꽃 닮은 교교한 달빛과
풀밭 위로 반짝이는 별빛의 차이라 하네

그제야 매년 역마살 철이 찾아올 때면
왜 내 일생을 거는 이유를 알겠다

나의 사랑은 새벽의 노을 속에
환한 꽃씨로 폈다 금세 뚝뚝 진다는 것을.

앵두꽃 피는

이 따듯한 햇살 앞에서 어떻게 당신을
원망하고 미워할 수 있겠습니까

이 아름다운 앵두꽃 앞에서 어떻게 당신을
몸살 나게 좋아하지 않을 수 있겠습니까

이 화사한 봄날 미움과 원망은 다 잊고
누군가를 마음껏 사랑해 보세요

사랑에 잠들어 있는 밤의 정원을 깨워
비밀스러운 연애의 숲을 만드세요

수줍은 가슴 속 커튼 뒤에 숨어있는
달콤하고 우아한 사랑을 고백하는 오늘

당신을 향해 목메도록 외칩니다
앵두꽃 앞에서 우리 만날까요?

가파도

나의 허벌난 이별로 미묘한 알몸을 드러낸 섬 속의 섬 가파도 보리밭에 희뿌연 이박[飴粕] 같은 비가 내린다. 스치는 빗발에 꽃잎 찢기듯 옹이눈처럼 퀭한 가슴은 비밀한 욕망으로 무거웠던 지난날의 괴로운 격정에 차마 희망조차 위장할 수 없다.

왜, 라는 이유를 설명할 수 없는 공중에
뜬 하찮은 헤어짐. 앙상한 겨울나무와 잠든 의문이 갇힌 무덤 속 통곡 소리로 잔인하게 구겨진 바람이 분다. 내 이별의 상처 틈새를 혼잡스럽게 비집고 나온, 속된
아름다움을 자위한 사랑의 추억이 가파도 보리밭을 현란한 광기로 휩쓸며 검푸른 망망대해 너머로 허망하게 흩어진다.

이 쓸쓸한 가을밤, 창백한 달빛에 숨죽여 부서지는 단풍은 어쩌면 연약한 그대의 비굴한 변명. 철썩이는 파도의 무정한 언약일지도.

4월의 가파도 푸른 보리밭에 춤추던 우리 사랑은 어느덧 가녀린 코스모스 연정으로 하늘거리는데, 너와 손잡고 함께 꾸던 꿈은 허망한 무지개 되어 구름 너머 허공 중에 산산이 흩뿌려지고,

이 밤에 돌아오지 않을 사랑의 구속된 연의 사슬 풀어헤치는
갈바람이 안개의 강을 퍼담아 분다.

내 쓸쓸한 가파도 보리밭 사랑아.
바라건대, 미움도 원망도 들불처럼 쓸어가는 흐르는 눈물은 다
시없기를.

커피를 마신다

촉촉한 그리움이 쏟아지면 네 약한 눅눅한
슬픔의 눈동자가 생각난다. 그러다 뺨을
할퀴는 찬 바람이라도 부는 날이면 한잔의
커피를 마셔야 한다.

커피의 따듯함은 가슴에 별 하나를 담았던
너와의 가없은 추억이고 커피의 달콤한
향기는 네가 덫으로 지져 놓은 빨간 입술의 경이로움이기 때문.

그러니 너는 따듯한 커피처럼 행복해라.
네가 웃어야 겨우 내 몸이 뜨거워지니까.
그러니 너는 커피의 달콤한 향기로 우아하고 당당해라.

너와 함께 마시던 진줏빛 커피는 아름답게 불타올랐던 사랑의
황홀한 빛깔. 나는 커피를 마신다. 비로소 네가 보이고 무거운
슬픔을 하나씩 내려놓는다.

네가 얼굴이 빨개지지 않아야 아낌없이
버릴 수 있다. 감춰야 할 미련과 묻어둘
날갯짓을 마지막까지 변명할 수 있다.
그러니 넌 행복해라.

딸내미

예쁜 딸아이 3살 때, "예쁜 순예는 커서 아빠랑 결혼할 거야." 볼과 입술에 연신 뽀뽀해대는 부귀영화를 누리니 시끄러운 세상살이 꿀처럼 달달하고 옆집 남자 비교해가며 바가지 득득 긁어대는 마누라도 그리 미워 보이지 않았는데, 우라질! 금이야 옥이야 키운 금지옥엽 내 딸이 유치원에 들어간 7살, "싫어! 수염이 따갑단 말이야!" 내 뺨과 입술을 매몰차게 뿌리침은 물론 석봉인지 썩봉인지 남자 친구에게 잘 보이려고 지 엄마 립스틱까지 몰래 빼내 바르지를 않나 거기다 진짜 열 받는 건 삼각관계가 형성되자, "남자는 다 미워! 아빠도 싫어!" 빌어먹을, 아닌 밤중에 홍두깨도 유분수지 7살 딸년 사랑싸움에 애꿎은 내가 왜 동네북이 돼야 한단 말인가. 아아 여자가 무섭다. 마누라도 7살 딸년도 저승사자 따로 없다. 간 졸이며 피 말라가면서 두 여자 눈치 살피는 난 잘난 딸 하나 열 아들 부럽지 않다는 말이 다 새빨간 거짓말이라고 생각한다.

바람둥이

당신이 그랬잖아요
바람둥이라고
그래서 영원하고 아름다운 것은 없다고

난 믿지 않아요
어떤 이들의 사랑이 연기처럼 흩어진다고
우리 사랑은 담장 너머로 날아가지 않아요

당신이 바람둥이면 어때요
당신은 나를 알아주는 유일한 사람이라는 사실이 중요해요
당신을 기다릴래요

운명의 장난 앞에 저항할 수 없었어요
당신이 불러준 노래에 정신없이 취했죠
겉으로 드러난 외향의 향기는 중요하지
않아요
당신의 눈부심은 눈보라 속에서 꽃을 피워내는 즐거움의 마법
으로 무장하고 있어요
당신은 내가 귀엽다고 말해준 유일한
사람이에요.
당신을 사랑할 수밖에 없는 이유예요

당신의 마음이 변해도 내 마음은 변하지
않아요
좋아함과 미워함은 내 사랑을 방해하지
못하죠
당신의 따듯한 미소는 산처럼 쌓인 비단이고 깊은 밤의 불씨니
까요
바람에 꽃잎은 져도 내 가슴은 언제나 빨갛게 펴있을 거예요

낙엽이 쓸쓸히 휘날리네요
싸늘한 숨결에 휩쓸려 어지러운 미련들은 장밋빛 뺨 그리워 헤
맵니다
하지만 나에게는 그 모든 게 사랑스러운
걸 어떡하죠

안녕이란 말은 날 치근덕거리지 못해요
당신의 노래는 내 삶의 태양이에요
당신을 향한 내 사랑의 맹세는 세상의
기쁨이고 거룩한 소망이기도 하죠
운명은 우리를 하나로 묶어놓았어요
내게 희망은 있어도 절망은 없어요

당신이 그랬잖아요
바람둥이라고
그래서 영원한 사랑 따윈 없을 거라고

난 믿지 않아요
어떤 이들의 사랑이 달콤한 불꽃 같은
장난이라도
당신을 향한 내 사랑은 보석처럼 심장에서 빛날 거예요
당신은 내가 귀엽다고 말해준 유일한
사람이잖아요.
당신은 나를 알아주는 유일한 사람이니까요

바람둥이면 어때요
당신을 기다릴래요
눈물의 시간은 내게 너무 하찮아요
짧디짧은 인생의 영혼 속에 오로지
당신을 향한 사랑만 담을래요

당신은 내가 귀엽다고 말해준 유일한
사람이잖아요.

사랑의 진실

사랑해
사랑한다

나풀거리는 입술로만
허세 부리지 말고

고요한 달빛
가슴에 품어

밤길 걷는 그녀
가로등 됨이 어떠냐?

피앙세

세레나데(serenade), 널 위해 우울한
밤에는 사랑 노래 부르지 않겠어
마티나타(Mattinata), 널 위해 달콤한
아침에만 사랑 노래 부를 거야

내게 너는 아직 잠에서 깨지 않은
장밋빛 물큰한 햇살
네가 없는 곳에 꽃이 없고 네가 있는 곳에 별이 반짝이지

마티나타(Mattinata), 아름답게 춤추는
사랑아
봄잠에 꿈속을 헤매는 출렁대는 보랏빛
그리움의 눈동자여, 이제 깨어라

가자 저 황홀한 들판으로
백마를 타고 훨훨 날아오르자
우리 서로 좋아한다고 뽐내고 자랑하자
옥같이 부서져 죽어도 좋을 사랑아.

방심[芳心]

새벽부터 날카로워진 바람에
늙은 낙엽은 쓸쓸히 휘날리고

차가운 하늘 카랑한 푸른 달 아래
짝 잃은 새 구슬피 울며 나는데

짓궂은 당신은 어이 그리
푸석이며 박정하고 무정하여

그리움 산처럼 쌓인 안부 편지에
답장조차 보내지 않아

꽃같이 아름답고 애틋한 마음을
외로움으로 붉게 물들이나

아, 근심 가득하여 거울을 들여다보니
파랗게 질린 저 가선[加線]은 여줄가리인가.

어떤, 환상

그녀는 참 따듯한 손을 가졌다
내 심장에 닿을 때마다 푸른 불길이 인다

그녀는 참 빛나는 눈동자를 가졌다
내 눈에 꽂힐 때마다 그리움에 울컥한다

그녀는 참 도도한 살구꽃 입술을 가졌다
그 입술이 날 범하면 흰 목련도 베어 시뻘건 피를 토한다

스스로 울지 못하는 소스라치는 오후는
그녀와 어울리지 않는다
꿈과 같이 부서지지 않는 정전으로만
사랑도 희망도 황홀한 시의 정사로 천 개의 별을 수놓는다

그녀가 독방에 갇혀 쪼그리고 앉은 내 폐 속에 호흡한다
대충대충 기던 고단한 새들은 파닥이며 날아오르고
뼈를 드러낸 채 묵묵히 침묵하던 껍질 마른 부서진 이름은
그녀의 달콤한 봄비가 재잘거리자 전립선을 한껏 부풀어 올리
며 연신 딸꾹질이다

그녀는 참 매정한 잠꾸러기다
깨워도 깨워도 잠꼬대로 링거병만 찾는다

네 환상 속의 단물로는 내 젖멍울이 부풀지 않아
허기진 짧은 혀의 눈꺼풀을 벗고 말도 안 되게 내 목을 조여봐

그녀는 참 소스라치는 현명한 밤의 사연을 가졌다
꽃봉오리 같은 골반에 총성이 울려야
긴 겨울의 첫새벽 문을 연다고 한다.

남[男]과 여[女]

1

걱정하지 마. 괜찮아. 좀 아프겠지. 하지만 외롭지 않을 거야.
처음부터 너무 가벼운 사랑이었을 뿐이야. 바보처럼 거룩한
운명이라 생각했지. 널 만난 게 기적 같은
축복이길 기원했어. 매일 밤 널 꿈꾸고 하얀 첫눈 오길 기다렸
지. 네게 고백하리라 맹세했건만, 쓸쓸한 가을이 오기도 전에
넌 한마디 말도 없이 떠났어. 널 모르겠다. 이해할 수가 없어.
내가 다른 사람보다 그렇게 부족했니? 그래 꿈이었어. 한 여름
밤의 악몽일 거야.

2

널 어쩌면 좋니? 날 너무 미워하지 마.
순진하게 착하기만 한 널 떠난 건 내 못된
이기심 때문이라 생각해. 언젠가부터 너와 함께 차를 마시면
웃음은 사라지고 눈물만 샘솟아. 현실은 차갑고 냉정해. 우리
에게 낭만적 사랑은 사치야. 일편단심만으로 헤쳐나가기에 세
상은 그렇게 순진하지 않아. 숨이 막혔어. 짧았지만 너와의 달

콤했던 기억만 가져갈게. 추억 따위는 태워버려. 안녕, 착한 남
자.

3

소스라쳐 잠에서 깬 사랑과 이별의 순백한 샹들리에 [chan-
delier]는 남자의 입술 위에서 자지러지게 앙탈 부리는 빨간
립스틱일 뿐, 소멸한 정전 속에서 낭만과
현실 사이의 긴 겨울의 심호흡을 하는 스쳐 가는 짧은 두근거
림이다. 새벽의 노을 펄럭이는 저 문턱을 홀로 불의 꽃으로 타
오르는 빛나는 동계의 영혼은 비명을 지르며 아플 수밖에 없다.
그래도 지금 우리는 사랑한다. 그리고 또 아파한다. 사랑은 최
면일지도.

빈 배

그녀는 차라리 롯데가 되고 싶어 했다.

역동적인 베르테르의 슬픔은 감당할 몫이

아니라고 생각한다. 그러나 으슥한 밤 몰래 기숙생들의 러브레

터를 읽는 B사감의 위선은 어쩐지 슬퍼지지 않는다. 아이러니

하지만 더듬어 내려간 그녀의 저 깊은 내면에는 상충되어 부딪

히는 각기 다른

두 종류의 강이 흐르고 있다. 돌격적인

직선의 강과 작은 슬픔에도 맥없이 허물어지는 불안의 강. 그

녀의 빈 배는 그 강 위에서 표류하며 제자리만 맴돈다. 두물머

리의 아침 안개는 파괴된 애정결핍으로 흥건하게 젖고 있는지

모른다.

바다 이야기

순예는 바다를 껴안고 늙은 어부의 거칠고 슬펐던 이야기를 조목조목, 마치 물고기를 해부하듯 전생과 후생에 전해줄 것이다. 깊게 파인 주름살처럼 현란하게 입덧 앓는 상념의 전설과 굴곡 심한 삶의 비탈길같이 이빨 빠져 각 심한 부엌칼을 찾아들고 떨리는 그리움과 한판 사투를 벌일 요량이다. 순예는 소리 없이 떨려오는 아버지의 서러운 속내를 바다에 풀어놓겠지만, 결국 험난하게 살아온 날에 죽음같이 취한 잠처럼 허수한 마음만 바다에 잠기리라. 바람에 몸을 맡긴 상처 난 마음은 불같이 타오르는 엄청난 사랑이라 여겼건만, 바다에 먹힌 동백은 어쩌자고 앙상해 동박새는 조용한가. 바다의 저물녘은 아직도 고기 잡던 늙은 어부의 멍든 숨소리를 기억한다. 파도에 누운 그녀의 아버지를.

전 상서[前 上書]

난 알고 있어요
당신 가슴에 꿀 같은 사랑이 흐르고
있다는 걸
사랑이 넘치니 꿈도 빛나고
자줏빛 입술도 속살거려 향기롭죠

당신을 좋아해요
당신을 사랑하고 싶어요
당신을 감히 사랑할 수 있다면
힘든 나날도 미칠 것 같은 인생도
미련스럽게 머물지 않고 날 떠날 것만
같아요

내 우울한 삶과 보잘것없이 초라한
추억들
육신의 고달픔과 영혼의 목마름에
이미 오래전 별이 빛나는 희망은 사치였죠

다 바보 같은 생각이었네요
화려함에 눈멀고
뒤틀린 거짓의 달콤함에 귀 막고

그래요

헛된 욕심이 없었다면 삶이 내게 혹독한 대가를 원하지 않았겠죠

늦은 후회지만 마음을 비우렵니다

환상의 깊고 허망한 틀 속에

비단옷은 벗고 진주 목걸이 버리니

사향 내음이 새하얀 알몸에서 나네요

눈은 맑아지고 귀는 밝아져

밤의 천리안과 대낮 도심의 천이통이

당신의 존재를 느끼게 해 주네요

사랑하고 싶습니다

내보이는 처음의 진실로 이미 당신을

사랑합니다

어두운 시간의 망상을 깨고

멀고 아득한 어리석은 과거와

미칠 것 같은 삶을 탈출한 이유가 바로

당신이었음을 알기에

어둠은 이젠 그만

시련과 눈물도 안녕

날 꼭 안아줄 당신은 차가운 불꽃

달콤한 시냇물이여

달맞이꽃 떼 지어 우는 밤에

전 상서[前 上書].

우울증

그건 반갑지 않은 떨림이야. 몹시 추운 늦이지. 내가 무수히 얘기하잖아. 애써 변명하지만 넌 지금 마음의 감기를 앓고 있는 거야. 그러니 낯선 거리에선 가장 못생긴 보랏빛 외로움을 그리움의 연유로 내세워야 한다고. 그래야 밤마다 날이 선 슬픔이 힐끔힐끔 곁눈질로 멍든 속살을 훔쳐보지 않아. 펄떡펄떡 뛰려면 넌 까맣게 그을려야만 해. 골이 난 유리병의 벽은 까마득하게 높아. 의식의 뾰족한 창끝에 매달린 세상의 공간에는 허우적거리는 뒷다리에 걸린 흔적들이 불필요하게 많지. 너의 고통은 푹푹 파여 부었을 때 무서우리만치 역동의 괴력을 발할 수 있어. 그건 두려움이 캄캄해져 이상한 꽃을 피우기 의한 전조야. 침을 뱉어. 그리고 소리를 질러. "난 흔적도 없이 사라질 수 없어! 시[詩]를 쓸 거야. 혼자가 아닌 새처럼 아름답게 날 거야!" 유리 벽을 허물어. 외로운 별이 네게서 위로를 받겠지. 넌 가여운 것들의 영혼의 피아노가 되어 추운 세상의 가슴을 따뜻하게 녹일테고, 마음의 감기는 스스로 놀래 도망칠 거야. 그건 참 반가운 떨림. 가난한 네가 더 불행한 누군가에게 용기를 내게 하는 정겨운 꿈의 바이러스. 그건, 정말 아름다운 독감.

추회 [追懷]

그녀의 슬픔은 끝끝내 부서지지 않는
그리움에 대한 서러움이고
그녀의 절망은 뻔한 눈물에도 웃어야
했던, 흔들려 아픈 공존의 불결함이었으며
그녀의 고독은 꿋꿋한 그늘에도
겨울바람 소리 앞에서 비통의 춤을 추었다는 것이다

-당신, 나와 함께 별을 보실래요?-

거짓된 행복이라도 이루어지길 원했다
수줍은 운명의 꽃이 깨지지 말길 갈망했다
모든 걸 걸게 하는 사람이니까
전부를 던져도 아깝지 않은 사랑이니까

머릿속이 온통 그를 향한 엄청난 떨림으로 생생하고
마냥 깊어만 가는 흐뭇한 애틋함은 즐겁고 행복하기만 한데
차마 원망할 수 없는 시간의 조각들은
이 세상의 단 한 사람, 저 날카로운 빛과 같은 향기를 싸늘한
추회 속으로 흩날려 버렸다

부수지 못할 그리움, 뻔한 눈물 앞의 웃음과 고독한 외로움의
몸부림도 익숙함에 깊이 잠들고 있는 사랑이라면, 그가 영영
돌아오지 않아도 그녀는 아침을 기억할 것이다
그게 사랑이라면.

카사블랑카

당신의 뽀얀 작은 몸짓에 소리 죽여
절름거리던 방황은 멈추었죠

투명한 마법 같았어요
축복으로 정제된 햇빛은 찬란하고
촛불 켜는 풍요로운 종려나무 밑에서
우리는 꿈꾸듯 춤을 추었어요

운명인 듯 이어진 내 심장에 뛰는
토라진 비장한 깊은 굴레 위로
솔잎처럼 싱그러운 음악은 흐르고
당신은 두 팔로 다정히 안으면 수척한
내 입술에 아름다운 꽃이 피어나죠
그중에 보랏빛 장미 한 다발을
당신께 드립니다

당신에게 날 맡겼어요

갑자기 산새처럼 내게 온 당신이란

사람을 거부할 수 없었네요

한 번의 입맞춤으로 날 꼼짝 못 하게

만들었죠

따듯한 당신 품에서 외로움은

보석처럼 황홀하게 달아나 버렸어요

손이 희어서 가엾다고 당신 뺨으로 위로하던 그 눈빛을 잊을

수 없어요

사랑인가요

품위 있는 당신에게 이렇게 빠져드는 건가요

예쁠 것도 없는 내가 행복해도 되는 건가요

내 지난 사랑은 슬픔 뿌려도 눈물은 흘리지 않았죠

하지만 이젠 아니에요

약속하겠어요

함부로 총을 쏘지 않아요

당신에게는 오직 눈물만 보일께요

파란 하늘에 하얀 눈물의 무지개로

사랑을 그릴래요

사랑해요

담배 연기 속에 허무하게 흩어지는 맹세가 아니에요

사랑합니다

날 떠나는 남자가 되지 말아요

당신의 키스에 눈물은 말랐어요

카사블랑카의 가을 하늘을 함께 걸어요

종려나무 밑에서 춤을 추어요

까닭도 없이 눈물이 나네요

아마도 사랑인가 봐요

내 슬픔아 이제 안녕.

그 여자의 칼

칼끝에 꽃이 피었다. 베인 상처에 낭자한 선혈이 솟구쳐 꽃이
되길 바란다. 그럼
공포는 칼날로부터의 잔인한 외면이겠지. 칼끝에 머물겠다. 꽃
은 비밀의 눈빛을 감춘다. 매혹스러운 입술로 유혹하는 황홀한
저격일 테니까. 가을 편지다. 봄날의 빗소리고 태양의 불덩어
리며 향기로 가슴 찢는 얼음꽃 때문에 그녀의 칼은 노을 속으
로 사라지는 서러운 축복이다. 칼의 상처로 그리움 메아리쳐도
좋다. 꽃으로 필 수 있다면 참 아름다운 기쁨으로 행복하겠다
그렇다면 욕심 없이 보내도 좋겠다만, 알고 있다. 내게만 너의
칼은 천국과 지옥의 유희라는 것을.

플라타너스

플라타너스여! 꽃구름이 뜨거울 때 너의 고독은 비늘처럼 벗겨지고 청춘의 로맨스는 방울처럼 열렸다고 들었다. 나의 벗, 나의 대화자 플라타너스여! 때도 없이 부글부글 넘치는 나의 잠깬 하품은 저녁 바람에 가장 외로운 술 취한 눈물일지니 시끄러운 세상, 너의 우아한 한 여름밤 창끝으로 기도해도 되겠느냐, 홀로 굽이치는 가여운 내 영혼을 위하여! 먼 봄의 보석으로 차고 슬픈 것들이 산새처럼 날아가라고. 나의 불편한 가면 속 찬란한 고독은 네 푸른 머리카락 사이로 흔적도 없이 사라져 버리면 좋겠다고. 오오, 지혜로운 플라타너스여! 저 높고 푸른 하늘을 향해 영원과 죽음의 겨울 사이로 가슴을 출렁인다면 구겨진 넥타이가 감추려는 커피 얼룩처럼 비겁함이 아닌, 깃발 휘날리는 용기의 불길로 나는 죽어 춤을 추어도 꿈틀거리는 꽃으로 피어날 수 있겠느냐. 담배꽁초에서 휴지까지 지저분해진 도시의 그것들을 위한 기도를 두 손 모아 할 수 있을까. 가차없이 베어져 앙상하던 네가 태양 아래 풍성한 모습으로 돌아오던 그 날처럼 정녕 푸른 바다에 춤추는 다정한 불빛이 될 수 있을까. 생선 뼈처럼 발라버린 겸손은 아직 우수 절을 벗어나지 못해 슬프다. 그곳이 차마 플라타너스 네 곁이라도 분홍색 셀로판지로 퇴색한 푸른 종소리는 막지 못하겠다. 새빨간 노을은 장미보다 성숙하기에. 나는 또 다른 고통을 원하지 않는다. 저 푸른 창공에 연을 날리고 싶다. 플라타너스를 스치는 바람소리 물소리로 꽃을 피우려고.

박영감네 이발소

오일장이 서는 날이면 마을버스 종점 옆
허름한 박영감네 이발관은 생기로 펄떡인다.

대기석의 노인들은 대부분이 형님이고 아우이며 아재다
눈이 침침한 박영감은 콧등에 걸친 돋보기 밖으로 자잘하게 떠
는 가위 끝을 따라
노련한 눈길을 던지면서도 노인들 화제에 빠짐없이 끼어들고
낡고 바랜 연로한 가위는 용케도 지적질을 피해간다
서울 며느리 집에 가는 대촌리 김영감, 멋쟁이 옥순 할아버지,
황면장 처남 머리 본새도 오십 년 경력의 박영감과 동고동락해
온 빗 위에서 춤추는 가위질에 변화의 무쌍함을 드러내고, 낡
은 빗과 가위와 늙은 박영감과 돋보기는 환상의 조화를 연출한
다.

50년 세월 어느 틈에 다정한 벗 인양

꿈같은 아름다운 기쁨의 날개 달고 밝게

웃는 모습으로 왔구나

넌 그리움이고 넌 내게 꽃이다

네가 원하면 간다 넌 빛깔이고 향기이기에 하늘의 별로 어둠

속 등불로 잠깐 바라볼 수 있다면 삼월의 차가운 바람 깨고 간

다 희디흰 봄의 속살 안에 따스하게 머물러 홀연 새가 되어 날

아간다.

박영감네 이발소 빗과 가위의 앙상블은

노인들에게 꽃이고 별이며 봄날의 새다

시골 장날 새 아침 동터 오는 웃음꽃이다.

누군가 한 사람쯤

눈물 한 방울 없는 냉정한 사람
그런 당신에게도
따듯한 눈물로 위로해 주는
누군가 한 사람쯤은 있을 것이다

웃음 한번 보이지 않는 까칠한 사람
그런 당신에게도
환한 웃음으로 다정한 눈길을 보내줄
누군가 한 사람쯤은 있을 것이다

인생이 화려하거나 초라하거나
웃음과 눈물은 사랑의 증거다

슬픈 누군가를 위해 흘리는 당신의 눈물
한 방울은 꽃보다 아름다운 위로고
기쁜 누군가를 위해 웃어 보이는 당신의
환한 미소는 천사의 겸손한 축복이다

누군가 한 사람은 당신을 위해
당신은 누군가 한 사람을 위해
울고 웃을 수 있다면
살아 있다는 것에 벅차게 감사해할 것이다
우리 가끔 그렇게 나를 위해 또
누군가를 위로하며 웃고 울자.

모란

갑자기 덜커덩 꽃으로 피어
달콤한 향기로 날아온 당신
천사의 이슬로 빚은
휘파람 소리로 사랑을 주신 당신

눈부시게 아름다운 햇살 아래
고요한 내 마음 불타고
빗발쳐 드는 6월의 노래는
풀잎에 펄럭이는 놀라운 축복의 원천

어이 하나
어이할꼬
폭풍처럼 가슴 덮는 달콤하고
촉촉한 싱그러운 아침이여

너는 갈 테고
나는 남겠지만
이 찬란한 유혹의 봄날 끝에
봄비 맞으며 홀로 취해본다

모란은 피고
모란은 지고
바람처럼 구름처럼 조용히 손 흔들며
세월은 흐르고

한순간의 내 것에
기뻐하는.

앙칼진 아쉬움

그대 오실 때, 깊은 밤의 검은 어항 속에
갇혀 끙끙 앓으며 비린내 풍기는 제게
웃음꽃 활짝 핀 키스의 달콤한 향기로
저속하지 않을 어마어마하게 야한 설렘의 감동을 주셨죠

고마워요
당신의 신비로운 입맞춤은 무거운 세월의 목마름 태우는 맑고
정직한 불꽃 정령으로 내 시린 무의식의 심연에 범람해도 좋을
싱싱한 사춘기 같은 사랑의 수채화를 그렸어요

아름답게 곧추세우는 봄바람에
무지개꽃과 시련을 노래하던 새들조차
출렁이는 소망으로 춤추고
심장 뛰는 비장한 종소리는 온 세상 가득 따스한 메아리로 운
명의 굴레를 흔들며
멀리멀리 우주 끝까지 울려 퍼졌죠

이제 솔잎 같은 푸르름이

관념적인 나태함과 암울한 오만함에

변명조차 낭비라는 생각으로 편치 않은 마음 품어 혹, 그대 가

신다 해도 원망하지 않으렵니다

그대가 남겨주신 향기로

철마다 부서지지 않은 꽃으로 필 테니까요

그래요

앙칼진 아쉬움은 이젠 안녕이니까.

그냥, 그런

자두나무 향기로 일어
물방울처럼 스러진 우리 만남은

시퍼레진 냉이꽃처럼
짧은 열망의 종착역에 다다랐다

사랑은 하늘의 연 같아서 단단히
잡지 않으면 끊어져 날아간다더니

지금 네 눈빛이 흔들리는구나
무얼 망설이니

이별의 피는 차가워야 해
누구나 벨 수 있는 칼날이 아니야

시작은 내가 먼저 했으니
끝은 네가 책임져라

실타래로 엉킨 우리의 마지막은
가슴이 저리도록 쓰리고 아프지 않았다

옷자락도 스치지 못한 인연이었으니
너무 가볍고 쉬울 수밖에.

달빛 뜰

다정한 그대 어디 계시기에
꿈에서도 뵐 수 없나요

봄이 와도 안 오시나 서운했는데
지난 밤 이슬비와 함께 오시더니

어여쁜 매화로 웃어주랴
화염 같은 진달래로 유혹하랴

피가 닳아 오르는 황홀한 선택 앞에
이러지도 저러지도 못하고

툭 끊어진 압핀처럼 흔들리며
달빛 뜨락만 새앙쥐처럼 서성이네.

편지

내 그리움은
이슬보다 맑고
공기보다 깨끗하며
바다보다 깊은데

당신은 어떤가요?

코스모스

가자
저 시월의 공허함 속으로
젊어 사랑한 인연인데
낙엽 되어 흐른들 아쉬울까만
옥처럼 어여쁜 코스모스
푸른 달 아래 부서짐에
내 마음 슬퍼 공허하다.

구태여 애달픈 시월은 왜 찾아
찬 서리 일어 이별 부르며 휘날리는
상처 난 깃발에
아, 진실로 거짓이길 간절함인가.

푸른 산은 사계로 푸르고
북두의 별은 달과 함께 휘영청 한대
허물없이 피었다 지는
저 코스모스만이라도
적막한 가슴에 만고상청으로 남아도
좋으련만.

행복

당신은 항상 거기에 있는데
난 당신을 찾아 헤맸습니다.

잠시 바쁜 걸음 멈추고 돌아보니
함께 걸어온 당신이 보였습니다.

먼 곳의 당신은 행운이고
가까운 곳의 당신은 행복이군요.

살면서, 슬쩍

살면서 보지 않은 척 슬쩍 본다.
누군가는 행복하고 또 누군가는 멋지고
아름답다.

살면서 어쩌다 스치며 슬쩍 보게 된다
못나고 추잡하니 불행할 것이라고
관념으로 대못 박는다.

다 껍데기다.
외상으로 산 향수 냄새거나 악취다.
젊거나 늙거나 존경 못 할 편견이다.

환청 [幻聽]

오늘도 그녀는
편지를 쓴다.

난 널 스치는 그림자이고
넌 여전히 꿈에서 깨지 못하는
담장 넘어 나비야
부디 알길 바란다
난 너도 모르는 꽃으로 필 거야
질투는 어디론가로 흘려보내
그리고 망가진 문장으로 이렇게 답장해.

성냥처럼 타고 싶어!

질투

그녀는 피튜니아 향기로 다리를 절면서
흐트러진 이화꽃 사이로
달의 냄새가 황홀한 풍경 속을 산책한다

앵돌아진 고혹의 눈빛으로
후회 같은 것을 슬픔 따위로 혹은 자동차의 불빛에 새벽이 빙
글빙글 도는 시간의 호흡 소리로
살아온 삶만큼의 너무 환한 내 삶의 모서리를 깨어 문다

그녀는 차올라 달콤하게 익어가는
살아가는 방법과
잎새 바스락거리는 계절에도 화장기
없는 민얼굴로
나의 마음속에 사랑의 타래 풀어
살짝 입술 붉히는 철없는 가랑비 투정을 하면서도
슬픈 날들과 그리움에 걸어 놓은 추억들은 잔 부끄러움 감추고
보란 듯이
희부윰하여 몹시 허전한 나의 내장을 쓰다듬으며
이승에서 거만했던 어두운 사랑을 의심조차 하지 않는다

그녀는 나의 공범자
나는 치열한 그녀의 현미경 속 비밀이다.

침묵의 소리

나의 골반에 부끄럽게 기생하는 얼얼한 희망은 처형장의 귀곡
성으로 펄럭이길 두려워한다
나의 고요한 침묵이 세상을 날려버릴 만담꾼을 향한 피의 복수
로 상대하기엔 너무 가녀리고 허술한 탓이다

바람 속에 마른 거품은 목숨 걸고 태반의 포만을 뒤집어 터뜨
리며
허기진 수상한 성욕을 허겁지겁 풀어내기에 바쁘지만
침묵만으로는 구멍 숭숭 뚫린 악어의 등가죽조차 위액으로 태
울 수 없음을 알고
침묵의 혀를 떠도는 침묵의 넋으로 힘껏
목 조인다

철조망 위로 흐르는 다급한 백열등 빛
너머로 잊었노라고, 한밤이니 당신이
울부짖던 죽은 편지의 부활은 면회가 허락되지 않는다며 속없
이 숨죽여 찬바람 일으켜보면서도
나의 침묵 안에는 작은 기적 음이 숫처녀의 달콤하고 요염한
맥박으로 흩날리며
간드러진다

그렇게 나의 침묵은 간이역에 멈춘다

순박한 사람들의 불평이 눈을 힐끔거리며 악취의 볼륨을 한껏
높이고

익명의 핼쑥한 언어들이 등불 몇 개 사이로 은유의 석쇠를 뒤
집는다

침묵이 끓어 넘치는 간이역에 가벼운 먼지긴 된 늙은 역장은
없다.

그 사람

그 사람을 보았네
꿈속에서 비밀로 싹튼 침묵의 격정

그 사람을 보았네
파도처럼 일렁이는 벅찬 설렘

저 놀라운 미친 꽃들이
잠깐씩 피었다 져도 왜 달콤한지 알겠네

나를 존재하게 하는 당신의 미소가
단단하게 굳어진 불신의 벽을 허무네

빗줄기와 같은 사랑은 은밀하고 신비로운 마법
그 사람이 거기에 있네

그 사람을 보았네
소스라치며 떨리는 희망의 새벽이여

그 사람을 보았네
축축한 연기 속에 망가진 내 불행은 이제
안녕

그 사람을 보았네

나는 살아 있는 빨간 장미로 활짝 피네.

가로등

나는 마음이 고달프고 몸이 추운 얼어붙은 골목입니다만, 늘 그대의 화사하고 따듯한 사랑으로 시름 떨구며 외로워하지 않소. 오늘도 무고하신지요. 어둠을 비추어 길 여시고 답답하고 두려운 마음 토닥거려 아픈 가슴 위로해주니 은덕이 가히 자상하신 어버이 같아 물과 같은 시간 속에 환란의 밤과 진흙의 빗발에도 산으로 바다로 홀로 꼿꼿하구려.

암흑보다 검은 허물을 씻을 수 있음은

깊고 넓은 당신의 아름다운 빛 때문이라오. 수고하고 무거운 짐 진 오늘도 당신의 우산 아래 걸으며 비웃는 세상과 서러운 가난을 위로하고자 하오.

고맙소 그러나 안녕이라고 말하지는 못하겠소. 난 아직 평생 고치지 못한 질병을 앓고 있소. 어둠에 대한 공포, 밀폐된 공간 속 숨 막히는 두려움, 또 하나 있소.

땅 위에 없는 지친의 그리움이라오.

다만 당신의 품 안에서는 물처럼 맑다오.

감사하오. 가로등, 내 위로의 벗이여.

2

나는 가로등이다. 그러니 너의 눈물이
농밀해지는 치욕으로 시커멓게 타는
사연과 그의 날카로운 언어에 뼈가 부서지는 척박한 상흔의 결
핍을 보면 잘게 배어 나오는 미망처럼 흐려지는 어둠 속으로
순한 눈빛 담긴 휴식의 입김을 불리라.
너의 뻔뻔한 적이, 목 졸린 자살에 흔들리는 녹슨 침묵의 가지
위로 텅텅 흔들려 줄지어 날아가는 검은 연기의 채찍을 휘두른
다면 나는 어떤 논리적 과제로 아닌 이빨 끝이 뾰족한 천연스
러운 늑대의 채찍과 품격으로 드높은 담 너머에 다시는 목발질
하지 못하게 매정한 죽음의 편으로 세우리라.
너에게 만약 키스를 요구한다면 센세이셔널리즘[sensa-
tionalism]도 무시하고
가로등의 위엄으로 침을 뱉겠다. 섬세하고 연약한 너의 세계를
보호하려고. 그렇다고 미친 듯한 질투는 아니다.

오동도 그 가시나는

김서곤 제3시집

2019년 8월 1일 초판 1쇄

2019년 8월 6일 발행

지 은 이 : 김서곤

펴 낸 이 : 김락호

디자인 편집 : 이은희

기 획 : 시사랑음악사랑

연 락 처 : 1899-1341

홈페이지 주소 : www.poemmusic.net

E-Mail : poemarts@hanmail.net

정가 : 10,000원

ISBN : 979-11-6284-125-9